惠民小书屋
自然随笔系列

郭 宪 著

野花的邂逅

Yehua de

XieHou

重庆大学出版社

图书在版编目（CIP）数据

野花的邂逅／郭宪著.—重庆：重庆大学出版社，2014.1
（惠民小书屋．自然随笔系列）
ISBN 978-7-5624-7846-1

I.野…　II.郭…　III.①随笔—作品集—中国—当代　IV.I267.1

中国版本图书馆CIP数据核字(2013)第276139号

惠民小书屋
自然随笔系列

野花的邂逅

郭 宪 著

好奇心书系主编：李元胜　副主编：张巍巍　郭　宪

摄　　影：郭　宪　李元胜　张巍巍　王　辰

　　　　　蒋　虹　李小杰　李策宏　任　川

　　　　　寒　枫　叶喜阳　黎　宏

责任编辑：梁　涛　　版式设计：唐　飞

责任校对：谢　芳　　责任印制：赵　晟

*

重庆大学出版社出版发行
出版人：邓晓益
社址：重庆市沙坪坝区大学城西路21号
邮编：401331
电话：(023) 88617190　88617185（中小学）
传真：(023) 88617186　88617166
网址：http://www.cqup.com.cn
邮箱：fxk@cqup.com.cn（营销中心）
全国新华书店经销
重庆华林天美印务有限公司印刷

*

开本：787×960　1/16　印张：5　字数：92千
2014年7月第1版　2014年7月第1次印刷
印数：1-5 000
ISBN 978-7-5624-7846-1　定价：25.00元

作者说

寻访那些花儿是无数次的美色行旅。

我知道有些美需要寻找，有些美需要放大才能细细品味。因此我喜欢闲暇之时，独步山林原野，把别人忽略的美捡拾起来，整理放大，供自己把玩，也贡献出来让众多朋友和读者品味，去惊叹、去感慨、去沉思、去自省。

于此，我将山林原野中采撷的100余种漂亮野花，借助图片和文字端出这本类似"清炒"的小书，希望不因我拙劣记录和乏力描摹使它显得有过重的人工修饰痕迹，而让它依然留存原本美色和活力，原汁原味立体展现在朋友们面前，共同分享奇妙大自然带给我们的馈赠。

当然，如能由那些花儿惊人的艳美唤醒人们心中多一分的真和善，关注和保护那些花儿生活的地界不受人类在无休止的扩张欲望下的侵犯和蚕食，则是我的潜在奢望。

仅仅是奢望。但我奢望。

写作《野花的邂逅》不是一次完美的尝试。

我知道仅仅作为一个植物爱好者来完成《野花的邂逅》这样一本书，肯定是一次知识和心灵的历险。没有朋友们的热忱相助，仅仅依靠我个人努力，催生这本书几乎是不可能的。在这里，我要真诚感谢四川峨眉山生物资源实验站的李策宏先生，以及李小杰、寒枫、蒋虹、叶喜阳、王辰、任川、黎宏、张巍巍、李元胜等朋友为本书提供了部分精美图片；真诚感谢吴棣飞等朋友为书中许多野花做了鉴定；感谢为我纠正文字疏漏错讹的朋友，使我不至于太汗颜；并要特别感谢赵素云老师对这本书图文的审读纠错；最后当然要感谢重庆大学出版社，是他们的审慎编校并开放绿色通道才使各位朋友读到本书。

现在，我将静静期待来自读者朋友的批评。通过你们的指正帮扶，我期待下一本书能做得更好、更完美。

目录 o|

百合科百合

花儿　植物的秀

　　客观地说，植物一身最招摇、最漂亮的是花儿，它的一生中最引人注目的是花的开放。虽然在植物生理学上科学家将花定义为植物的生殖器官而有煞风景之感，人们仍义无反顾地钟情于它，成千上万的文人骚客甚至小老百姓都对它歌之咏之，留下无数传世诗篇。也便怨不得林黛玉爱花痴花怜花乃至为花送葬，情情切切地哼出一阕《葬花词》。

　　植物不负人们厚望，以花为媒，争先恐后地向人们投怀送抱，有的就进了庭院，入了客堂书房卧室，上了香案，任人欣赏、把玩，甚至受人供奉。关注度高的，就成了名花，选为市花、省花乃至国花。其实那些自由自在生长在山野的花不比所谓名花逊色，只是不善广告而已。每到花开时节，各色野花争妍斗奇，各展风姿，把个花季名副其实地办成植物秀场。或许这是植物界风行的眼球经济！

打头的当然是大花，它们以硕大花冠兜着风，以风为媒，借以完成传授花粉的历史使命，也格外为人关注。

夏日山道旁，冷不丁就有几朵乳白色大花呈现在眼前，那便是野百合。野百合通常一茎独立，披针形绿叶围绕茎秆对生，花集中枝顶，花冠喇叭状，一朵或数朵次第开放，生出一股浓郁持久的香味。记得当年在农村当知青，曾折过数枝供于清水瓶中，也是满室生香，于枯燥烦闷生活中添丁点儿雅韵。野百合和它的兄弟姐妹如南川百合、宝兴百合、卷丹等都被归为百合科百合属，这个属最显著

百合科卷丹

| 茄科粉花曼陀罗 |

的特点便是花大、色艳，有的为喇叭形，有的却被片反卷，千姿百态，就显出美轮美奂的样范。

　　同样大花的曼陀罗花冠也为喇叭状，更显棱角分明，格外突出它的鲜明性格，只是花冠浅裂，而且薄如纸，与百合花肉肉的花冠截然不同。曼陀罗为阳光型花卉，总是将一张喇叭口尽量伸展，以便接受更多阳光抚摩。曼陀罗属茄科，它所在家族，有草本，也有木本。木本花更大，花梗承受不了它的体重，只好长期耷拉着。每到花季，整株树就好似做买卖，挂满一树喇叭。

| 茄科木曼陀罗 |

　　花大可以争艳，花小依然可以邀宠。人们的粗心往往错过无数小花，而这些小花同样美艳，甚至更为完美精致，足以触及人心深处最柔软的地方。有很多美需要放大才能领略

感悟。

　　紫草科好多在花卉中都属于"小人国"种类，比如附地菜、斑种草、倒提壶之类，花朵直径总不会超过5 mm。有句俗语，叫"麻雀虽小，五脏俱全"。动物如此，植物当不例外。小小花朵经微距镜头放大展现，你可以清晰欣赏到它小巧的花萼、雅致的花冠、精致的花蕊，虽小，却同样臻于完美。而花冠天空般碧蓝，会净化你的心灵，诱发你一点微微的感动。

　　禾本科植物恐怕最容易被人忽略，除粮食和经济作物外，毕竟它们几乎都归属于杂草。也许它们的存在会给人类带来一丝不快，但它们也有生存的理由，更不容忽视它们哪怕是卑微的美丽。尽管对绝大多数禾本科来说我至今叫不出它们的名字，但仍对那形状颇为奇特的花动感情。事实上，狗尾巴草、牛筋草（官司草）等为我们儿时增添过不少乐趣。

禾本科小花

　　小花不如大花惹人注目，却以繁取胜。香雪海胜景尚历历在目，山矾率领它的家族就接踵而至。有唐人岑参写雪，说是"*忽如一夜春风来，千树万树梨花开*"。其实用来形容山矾科的花也不为过。山矾盛开，一树皆白，状若堆雪。仔细瞧了去，山矾的花也十分耐看。花冠五裂，可达基部，赫然摊开，现出众多雄蕊，雄蕊长，有规则地铺散开，几乎盖住花冠。远远望去，但见一树花蕊欣欣向荣。

山矾科川山矾

　　草本植株相对较小，有些科属的花就更微小，需展现团结的力量。这种团结通常以圆锥花序、穗状花序、伞状花序等为特征，千百朵小花聚在一起，就组成千姿百态的大"花"。

虎耳草科的落新妇是个例子。在长达37 cm的圆锥
花序上，密密麻麻缀满浅紫红色的花瓣修长花蕊细
密的花朵，错综复杂交织在一起。总觉得落新妇美
名应有个来历，翻书无数，仅在《本草经集注》
"升麻"项下找到如下记载："*建平间亦有，形大
味薄不堪用，人言是落新妇根⋯⋯*"如此而已，不
知这一"人言"究是何人所言，为这一美丽植物定
下如此富有诗意的名称。

花瓣是植物走秀的重要因素，其重要性不亚于
模特表演身上穿着的形形色色时装。

就数量来说，天南星科植物只有一枚佛焰苞，
暂且算作它的花瓣；上唇瓣加下唇瓣总共两瓣的花
偏偏要叫个九头狮子草；三角梅花小不起眼，却膨
大了三枚萼片又染了红色来炫耀；四瓣、五瓣、六

葫芦科栝蒌

爵床科九头狮子草

瓣的花太常见；如果不算植物变异，我还没有亲眼目睹七瓣花，传说中有，据说可以帮助得到七瓣花的人实现七个愿望；八瓣花有菊科的千里光，当然那只是指外围舌状花而已；深山含笑花被九片，却里外做了三层；而更多花瓣乃至复瓣花便数之不尽，也显出千姿百态。

更多植物以花瓣新奇怪异来走秀。如果说落新妇把花修炼得更比黄花瘦，那葫芦科的栝楼则干脆把花瓣撕成缕缕流苏，显得俊秀、飘逸、洒脱。虎耳草科鸡眼梅花草花瓣兼具完整与零碎之美，用流苏状来弥补或是修饰花瓣下部急剧收束而留出的空间，也使花儿看起来更生动流畅，花形韵律更加富于变化。许多花都把脉络暗藏，独锦葵科金铃花偏把自己道道血脉突出在花瓣上，看去便血脉贲张，显得血性、气势。

花儿多为阴柔之貌，南国木棉可算阳刚。而另一种野花，也许是我见过最为张扬、最为阳刚、最为桀骜不训的花，它便是小檗科淫羊藿。四花瓣由四枚几乎等长的萼片卫护，同时伸向四个方向，颇具张牙舞爪气势。其茎细瘦，却铁笔银钩，铜骨钢筋，颇为刚劲有力。淫羊藿名称似有少儿不宜之嫌，却道出该植物药效。据古杏林高手陶弘景言："服此使人好为阴阳。西川北部有淫羊，一日百遍合，盖食藿所致，故名淫羊藿。"如此，该植物当得生物界的伟哥。

花冠外形也是植物刻意追求的重点，看惯常见的圆形、五星、喇叭等形状，乍一见其

| 虎耳草科鸡眼梅花草 |

| 小檗科淫羊藿 |

桔梗科党参

他形状，总给人带来许多惊奇和惊喜。桔梗科党参把花儿做成铃状在藤蔓上迎风轻扬，不知寺庙高翘的飞檐下悬挂的风铃是否是对它的仿生？瓶兰把花儿塑成坛形，里面盛满的可是酿成的花蜜？南烛不是烛，反而像挂了一树小瓷管；八角枫科八角枫未开花蕾像小棍，盛开时四花瓣反卷，则似出鞘匕首，微风吹来不是带血的腥味，却是甘甜隽永馥郁清香的气息。马兜铃花最奇异，花被单层，辐射对称或左右对称，基部膨大成球状、钟状或瓶状，其上有一缢缩的颈部，常呈管状，上部花瓣状；檐部常3裂或向一侧延伸成舌片。密林中要是四周都缠满悬垂马兜铃的藤且开满如此诡异的花，你恐怕会以为误进了一个异度空间。

植物就在这花儿开放的秀场上演种种精彩好戏。只是人类作为不请自来的观众，看到最后别忘了，植物这一切努力并非取悦人类，而仅仅是为自己生存。人在旁边静静看了，可以激动，可以欣喜，可以叹息，可以怜悯，却千万莫去干涉，莫去亵渎，莫去毁损。或许这样，这场精彩的秀才能长久持续下去。

八角枫科八角枫

繁花是"堇"

春天悄悄来了。人们在娇生惯养中已经失去了对外界变化的敏锐感觉，仍裹着厚厚衣服，念叨着期盼已久的和煦春风，温暖阳光。其实那些在泥地里柔弱的小生命已经早早感受到了春天的气息，将生命的芽头拱出地面，悄然舒展，许多花便跟着露出新鲜笑脸。而三月，野外几乎可以说是堇菜的世界，真真正正繁花是"堇"。

没错，就是堇。在我心目中，它堪称早春花卉的代表。堇是堇菜科堇菜属的简称，我国有120余种。走在早春的田野里、荒坡上、深山中，随处可见各种盛开的堇菜。我喜欢拍摄这种弱小却又乖巧的植物，每每见到总要俯身，蹲下甚至趴在地上拍摄，为一张自以为得意的照片而喜不自禁。山野博大，堇花无限。由于物种种类太多，到后来我根本无法辨认哪些是拍过的种类，哪些是还没有拍过的种类，总觉得似曾相识又有所区别，从而迷失在繁花是"堇"中。

植物种类繁多，造就植物分类学的艰深难学。尽管许多种在我们外行看来几乎没有差别，而专家们也在鉴定时无可奈何地摇头，感叹植物分类艰难，但仍孜孜不倦地将它们分为一个一个独立物种。翻开植物志可以发现，有许多物种是以花形、花色、花的大小、叶片、植株等不同而命名的，但也有不少以地名作为物种前缀来命名。换句话说，许多物种势力范围仅仅局限在一小块狭窄地方，尽管它只是在某个局部与其他亲戚略微不同。不过，这也造成它在植物领域内独树一花，显示出它的珍稀性。

堇菜通常为细弱矮小草本植物。堇菜花形奇特，颜色素雅，多洁白，如柔毛堇菜、七星莲、白花地丁，也有开紫蓝色花的犁头草、紫花地丁、早开堇菜、裂叶堇菜、球果堇菜，有带蓝紫条纹的鸡腿堇菜，也有粉粉的蒙古堇菜、须毛蔓茎堇菜、深圆齿堇菜、细距堇菜，还有花色明黄而显得鲜艳招摇的黄花堇菜；有的花瓣瘦窄而显出修长，有的则丰满肥腴；有的无茎，叶为基生，从中抽出数枝花葶，各顶一朵漂亮的小花而得意，有的有茎却不高，只矮矮立着，花苞从茎节间伸出。虽花形差异，却在花瓣后面统一拖着一个或细长或粗短的尾巴，植物学家称它为距。这个距在这里作延伸

| 堇菜 |

| 紫花地丁 |

讲，花瓣、花萼都可能形成距。许多花都有这种状似好笑的器官，除董菜外，凤仙花、马先蒿、楼斗菜等都有距的存在。董菜花色深深浅浅、花形求同存异、植株形形色色，就丰富了刚刚苏醒的早春大地。果然，在开春后的原野上，从南到北，凡春风拂过的地方，几乎都能陆续见到董菜花盛开的身影。董菜适应能力强，坚持"不挑剔，不选择，不逃避"的三不原则，田边地角、河滩荒坡、石壁岩缝、古道山路、竹下林荫，甚至墙隙檐下，都能找到它们的踪迹。我曾经在一壁石岩上看到株董菜，仅仅只生出一小片绿叶，就绽开一朵美丽的花。生境显得局促、简陋，生期显得仓促、慌忙，花姿却又高雅、优美，娇娇地让人生出怜爱之心。

蒙古董菜

早开董菜

深圆齿堇菜

犁头草

好花不常开也应在堇菜上。单朵堇菜花寿命短得似乎过分。晋人张华在《博物志》中结论："堇花朝生夕死。"看来约1 700年后依然如此。此定论堪比昆虫界的蜉蝣。其实，植物单单就花特别是单朵的花来说，寿命都不长，朝生暮菱、夜开晨合的花多的是。只是许多花数量大，总是接连不断地有花陆续开放，显得花期很长，造出一种假象，蒙蔽了走马观花人。

我曾经在早春时节的某个午后路过一株犁头草沿着竹林里小路上山，一朵浅蓝堇花正开放得好。第二天清早我重新经过这条小路，那花已经菱靡凋谢。在遗憾的同时又惊喜发现，同株犁头草已绽开两朵新鲜小花，在似有若无的春风里微微颤抖，许是激动，许是期望。漫

双花黄堇菜

堇菜

天霞光，一轮红日冉冉升起，犁头草正准备温顺接受明显带着温暖的阳光抚摩。

这一株生在竹林边的犁头草应该感到幸运，它不会因为生在田间地里而时刻提心吊胆，恐怕随时遭遇人类铁器之灾或有意无意的践踏。不过它们可能不知人作为一种社会性动物也存在功利本能。人们需要粮食，会毫不犹豫将可能影响作物生长的堇菜连根铲除。人们需要救灾，又奉它为活命本草。朱门人家吃腻荤腥，需要化食解馋，也会想起堇菜。明代鲍山编《野菜博录》记载："堇菜一名箭头草，生田野中。苗初撷地生，叶似铍箭头样，叶蒂甚长，叶间撺葶开紫花，结三瓣蒴儿，中有子如芥菜子。食法：采苗叶煠熟，水浸淘净，油盐调食。"瞧瞧，吃得多讲究。人们偶尔头疼脑热，又会想起堇菜，毕竟部分堇菜也是一味药，能清热散瘀、消肿解毒。当然，人们想要休闲观赏，又将堇菜科中相对花型较大物种三色堇选育栽培在园内篱边，供其品头论足，消烦解闷。我不解三色堇心思，是在作蝴蝶状跃跃欲飞欣欣然讨好人类，还是在做鬼脸儿冷嘲热讽人类势利。想必是那鬼脸儿也是一种西方幽默，表达出类似耸肩膀式故作轻松的无奈。

我且不在意，只往山野里去，欣赏那开得毫无匠气、千姿百态的堇菜花儿。我知道，这才是个开始。堇菜花期长，经过春天的繁荣，我还会在漫长的夏季甚至仲秋之后多次和它相遇。

| 球果堇菜 |

灰毛含笑

绽放的过程

头年秋末冬初，深山含笑就开始又一轮新陈代谢。比起有些植物，它的孕育过程明显长得多。

深山含笑这个名字可能会让我们有些困惑，有些生疏。我们首先会想到含笑。那种植物于我们来说肯定要熟悉一些，毕竟在古代庭院甚至室内都生活过太多年头，有许多诗人写诗为它打过广告，一句"百步清香透玉肌"（宋·施宜生）算是含笑的写照。宋代诗人郑润甫说得更形象更生动：

自有嫣然态，风前欲笑人。
涓涓朝露泣，盎盎夜生春。

深山含笑和含笑同族，而且近亲。只是名字比含笑多两字而有了更多限制，也由此屈居含笑属。

没什么好抱怨，分类的事由不得花卉自己做主。但作为乔木，深山含笑明显比含笑高大壮硕，花朵也更有观赏性。它们都属于一个更大家族：木兰科。

木兰科有许多著名观赏花卉，如白玉兰、辛夷（紫玉兰）、夜合花、木莲、华盖木、五味子等。要在植物界论资排辈，木兰家族历史就太悠久。它们是双子叶植物中最古老一科，在研究植物进化演变过程中具有重要意义。而且这一家族好多物种属于熊猫级，被称为珍稀濒危植物。比如长蕊木兰、落叶木莲、单性木兰以及名字念着拗口的峨眉拟单性木兰等，当然还包括大名鼎鼎的鹅掌楸。这些都已被列入《国家重点保护野生植物名录》。

作为最古老的被子植物，木兰科的远祖生活的年代，也许是比现今寒冷很多。它们生活在现代，早对温室效应严重不满而发表强烈抗议了。它们肯

| 鹅掌楸 |

定会以死相争。这种温度对它们是致命的热情，而现存的木兰科植物正在挣扎着尽量习惯这种人类社会散发的多余热情，避免被淘汰出局。

深山含笑也在挣扎。它知道它的宗旨就是传宗接代，努力把深山木兰这一物种延续下去，每一年的精心孕育都是为了来年春天那十来天的华丽亮相。因此每到秋末，它身体内的大多数养分都被输送到那些在叶腋间刚刚钻出表皮的花蕾。尽管木兰科含笑属四季常青，绿叶经冬不凋，维持它们需要充足养分，但它仍有轻重缓急之分，会偏心地将更多养分输送给未来的花朵。尽管如此，花蕾生长仍然缓慢。我曾经隔三岔五地去看过同一株深山含笑，时不时对着小小花蕾拍照，心头嫌季节走得慢，花朵长得缓。我也知道，离来年开春还早着呢，它们必得养精蓄锐。"好花知时节，当春乃发

华中五味子

生。"想开就开，那不乱了规矩吗？花儿本分，循规蹈矩，绝不乱来。

　　一过大年，能明显感觉到太阳温柔的力度正在大地上标志一个音乐上常用的符号：渐强。那热有一种熟悉的气味，把我的心拂得痒痒的。想是深山含笑也有相同的感受。那天，趁着第一缕春风掠过，它使劲活动了一下身子骨，也抖去附在枝叶上一个冬天的尘埃和寒气，新的活力逐渐充盈它的全身。静静地站在深山含笑面前，似乎能听到根茎贪婪吸收土壤中的养分的"喋喋"声，听到树液在周身维管里轻盈流淌的"汩汩"声，我可以明显地分辨花蕾一天天迅速膨大。我兴奋，深山含笑一年一度最华丽的亮相就要盛装登场。

　　拂晓，深山含笑略微睁开迷蒙的眼睛，第一朵花的被片已经挣开3枚苞片的束缚，露出洁白的容

｜深山含笑的蓓蕾｜

深山含笑绽开的花

深山含笑盛开的花

深山含笑已在萎谢的花

颜。如果你仍伫立在它面前，暗淡星光中，你或许有幸定格这一瞬间，可以敏锐捕捉到花被片光洁的色泽。我去已晚，没能赶上这盛装舞会的开场。

天亮，在太阳的关怀下，花朵加紧绽开速度。当然，人类肉眼尚不能察觉这种速度，但我能感受到花朵希望袒露心胸与春天拥抱的迫切愿望。不过很抱歉，尽管我明白深山含笑已经做了太多努力，还是没能把怒放的姿态在我面前做精彩展示。我知道，尽管说"好花不常开"，但毕竟还有好几天时间可以观赏摄影。

不会爽约。第二天清晨，深山含笑以崭新的形象出现在春天的舞台。这是它最得意的扮相。被片半张，欲开未开，花色白皙，如玉似雪。在深绿色枝叶的衬托下分外引人注目。啥叫被片？植物学有详尽解释。前面说过，木兰科是最古老的被子植物。在它们身上，还遗存许多史前物种的特性。因此，它们的花没有花萼花瓣的分别。按植物学家的说法，它们的花瓣就叫被片。其实所有花瓣都是俗称，科学家都叫花瓣为被片，似乎这样才严谨，才深奥，才博学。深山含笑被片分三层，每轮各3片，层层交错，于简单中生出层次，且被片形状也有变化，让人类欣赏起来不感觉单调乏味。

第三天，外轮被片与太阳亲热了一天，已略显疲态。但里层被片正精神焕发展开，花蕊露了出来。雄蕊和雌蕊借助阳光和风力，开始一年一度的恩爱。它们的交融，会使雌花柱逐渐膨胀，成长为聚合果，恩爱的结晶孕育在其中，将于半年后变得红润晶莹。

又一天，如果没有雨水袭扰，尽管肉质花

被片已经萎蔫，支撑不起它沉重的身躯，但仍能顽强地保持整体光辉的形象。可惜贵如油的春雨淅淅沥沥地来了，花被片再也经不起雨点的打击。虽然雨点挂在洁白的花被片上，给花儿愈发增添几分姿色，愈发楚楚动人，但遮掩不住被打击的痕迹。花被片上已经出现浅褐色锈斑，这是衰老的症状。

第五天，花被片彻底瘫软，松散萎靡地耷拉在花梗上，或者离开母体，飘向大地，零落成泥。有人这样形容过花朵此时的狼狈，叫作"**无可奈何花落去**"。这时，唯有雌花柱耸然挺立，预示一个光辉灿烂的希望。

我没有遗憾，没有感伤，我理解深山含笑和其他花儿。它们已经献出了最壮美的彩妆，愉悦着人类的爱美心灵，完成一次延续子嗣的过程。当种子成熟之日，它们将开始新一代生活。

| 夜合花 |

|火棘|

蔷薇蔷薇处处开

记得20世纪70年代后期，流行歌曲或明或暗开始在大陆蔓延。我听到的第一首歌曲便是陈歌辛创作于20世纪40年代的《蔷薇蔷薇处处开》，所谓的靡靡之音被朱逢博演绎得欢乐轻快而充满青春活力，为我留下难忘记忆：

"蔷薇蔷薇处处开，
青春青春处处在，
挡不住的春风吹进胸怀，
蔷薇蔷薇处处开！
……
天公要蔷薇处处开，
也叫人们尽量地爱，

春风拂去我们心的创痛，
蔷薇蔷薇处处开！"

　　说到蔷薇，恐怕还真没多少人能指认出蔷薇。人们更熟悉它的近亲——蔷薇科的兄弟姐妹们如凌寒而开的梅，争春的桃李，红艳似火的贴梗海棠，夏季的玫瑰、月季。由于许多蔷薇科植物花大色艳，一直受到人们的特别关注和养育。历代农书花谱都要为它留下一席之地，在我国最早的诗歌合集《诗经》里，也有不少篇章或咏或叹提到蔷薇科植物，如《周南·桃夭》中的桃，《召南·有梅》中的梅，《召南·甘棠》中的棠梨，《卫风·木瓜》中的木瓜、榅桲，《豳风·七月》中的郁李，等等。真想大开眼界，目睹更多蔷薇科植物，还得走出城市，走进山林，那里才是蔷薇科花卉

山莓的果实

山莓

大展身手的天地，在那里才能真正体验"蔷薇蔷薇处处开"盛况空前的壮观。

最早被春风拂开蓓蕾的恐怕是山莓。总是在向阳荒坡，总是在稀疏林沿，枝杆干瘦，还来不及丰腴，绿叶为芽，尚来不及萌发，白色山莓花便就着微带暖意的阳光舒展开紧闭数月的花蕾，修长花瓣略微反卷，露出一簇水嫩嫩的雄蕊。几个月后，雄蕊们就只剩下一条条干萎细丝，一头依附在通红透亮玉石般的果实尖上，由此证明它有过的功劳。这也是一种为人所认识较早的植物，《尔雅》称它为苺，《〈尔雅〉郭璞注》称它为木莓，原书已佚的《日华子诸家本草》则称它为树莓。在古代，一个更常用的名字叫悬钩子。《本草纲目》说："茎上有刺如悬钩，故名。"

此处所说的悬钩子和现代分类学中的悬钩子

蓬蘽

概念不尽相同。古代悬钩子是作为一个物种种名，而今则是蔷薇科下一个大属，有数百种之多，花不大不艳，则繁则密，花期长，各种悬钩子花期连接起来，几乎从初春延续到深秋，白的、粉的、红的，陆续绽开，络绎不绝。尽管有灌木，有草本，有藤蔓，植株大小不一、枝叶相异，却也好辨认，但凡土名儿带泡、藨、莓之类，多半是悬钩子家的，果实也无外是由小核果集生于花托之上而形成聚合果，有黄、红、紫、黑等色，果味酸甜，不失为开味解渴佳品。人们比较熟悉的有覆盆子、蓬蘽、茅莓、插田泡、高粱泡等。

| 高粱泡 |

回到蔷薇科本家：蔷薇亚科蔷薇属，这是最为艳丽灿烂的花卉之一。且不说人们熟知的玫瑰、月季，单那春末夏初之交的金樱子就够绚丽夺目。《本草纲目》说"**金樱当作金罂，谓其子形如黄罂也**"。罂实为小口大腹之酒器，金樱子的果俗名糖罐，正如罂一般。《梦溪笔谈》也将金樱子作金罂讲。它们攀援其他植物而上，将其依附的植株扮成一株花树，洁白大花高低错落，反射耀眼阳光，俨然成为名副其实高高在上的胜利者。十姊妹、野蔷薇、美蔷薇等花色更丰富多彩，从嫩白到深红，深深浅浅。《花镜》曰："**十姊妹，又名七姊妹，花似蔷薇而小，千叶磐口，一蓓十花或七花，故有此二名，有红白紫淡四样。**"最喜欢生在崖边植株，恰如柔软枝条承受不了如此绚烂，自然垂下且蓬松着，花儿就点缀其上，层层叠叠，炫耀而招摇。木香温文尔雅、彬彬有礼得多。花不算大，只繁复，香气馥郁，花期虽是轰轰烈烈，却总显出从容不迫，有股子大

| 金樱子 |

| 十姊妹 |

火棘果实

细尖栒子

家闺秀味儿，自然、端庄、淡定、娴雅，便合了我的品味，多添一分喜爱之情。

火棘却张狂，花小而泛滥，每每"五一"前后，毫无节制地将山坡染得雪白。火棘有个别名叫红籽，得名于它的果实成熟之时如红宝石灿烂。多年以前，我曾喜欢写些分行的句子，记得有过这么两句：

"熟透的红籽旺着火
燃烧丛丛灌木……"

那是我秋天乘坐火车经过秦岭的印象，车窗外掠过的景色就是无数燃烧着的红火炬。几十年再没走过宝成线，那记忆反而愈来愈鲜明、深刻。这自然和我在其他地方经常接触火棘有关。其实火棘还有个更实惠更直接的名字

蛇含委陵菜

叫救军粮。相传古代蜀国军队陷在深山，就靠了它当粮食。火棘果实，粉粉的，淡淡的，并不好吃，但维生绝对没有问题。

和火棘漫无遮拦相反，栒子就羞涩多了，叶密、花小、颜色却艳，偏含羞半开，总让人瞧不清它得真实容颜。栒子为小灌木或乔木，我国有50多种，多生长在我国西部地区。有平枝栒子，主杆侧枝小枝几乎都在一个平面上，若有了弯曲，也是整整齐齐一个弧面，犹如阅兵方阵般排列，让人见了直感叹大自然的鬼斧神工。太平天国末期，石达开亡命西南，曾路过一个叫山王坪的地方，附近有一株木帚栒子，据说已经历千年沧桑，当是阅事无数，知天命晓地理。不知石达开当年是否去拜祭过它，以测算自己未来命数。

| 龙牙草 |

| 粉花绣线菊 |

蔷薇科植物在人们的印象中大都是木本，再不济也为攀援性木本。其实它也有许多草本植物。让我们人见人馋的草莓便是其中之一。委陵菜也是草本，是蔷薇科中较大的属。总觉得委陵菜应该有一个典故，讲述它的得名缘由，可惜尚无资料显示这一文刍刍的名儿出于何处。委陵菜尽管约有150种，几乎一色黄花，成为它的显眼标志。不过它容易与毛茛科毛茛相混淆，特别是一般花卉爱好者则最难识别二者。笔者图轻松，便喜欢更容易辨认的龙牙草。龙牙草常常一莛独秀，上面缀满金黄小花，由下往上节节开放。花开花谢，那莛上就渐渐膨大了一颗颗须伸牙张的果实。或者这便是它得名的原因。

笔者喜欢蔷薇科的野花当然少不了绣线菊。这是我比较偏爱的一类花。每每见到，心中便生出喜欢之情。别看绣线菊沾一菊字，便想当然地将它归入菊科。绣线菊绝对是蔷薇科当家花旦之一，从没嫁到菊科。植物的中国名称容易让人产生误会的物种太多，自然是土名传播太广，专家们无法不从众，因此也顺理成章地将其按土名命名。没想到却容易望文生义闹误会。因此在分类上还得认它的拉丁名，那才是植物唯一正式的身份证。它与蔷薇科花卉差不多，绣线菊的花也不大，伞形花序上总是铺满一层袖珍花朵，花蕊伸得老长，突出在花冠外。绣线菊花色应该不多，我仅见过白色、粉色和淡紫色，虽稍嫌单调，却总给人一种温润温馨的感觉。读它，总会陶醉到心灵深处，感受一种美的震撼和满足。

| 南川绣线菊 |

婆婆纳

婆婆纳和它的一家

　　第一缕春风拂过寒冷大地，踡缩了一个冬天的植物们便开始萌动。最先伸展腰肢的是许多草本植物，有石竹科的繁缕、牛繁缕、球序卷耳、簇生卷耳，有十字花科的碎米荠、荠菜。当然，如果走到田边地头、山坡林道，瞧见一簇簇或艳蓝或淡粉的4瓣小花，那便是和婆婆纳的家庭成员相逢了。婆婆纳家族有典型的4花瓣，左右对称，下小上大，花瓣上有数道颜色更深的条纹，在均匀中略有变化。还有一个明显的家族记号，那就是两枚突出的雄花蕊。

　　婆婆纳这个名字让人诧异，不知古人为何为它们取了个这么别扭的名字。16世纪初期由王磐编辑成书的《野菜谱》是把它们唤作破破衲，还编了首三字谣：

> 破破衲，不堪补。
> 寒且饥，聊作脯。
> 饱暖时，不忘汝。

当然破破衲要缝补，是要婆婆用针线来纳的。不晓得破破衲是不是便如此这般演变成婆婆纳。其实婆婆纳植株不破，怎会让王磐有如此联想？婆婆纳得名百说不一，有人说其叶如衲而得名，有人说其果实与婆婆针线用具相类。江淮有儿歌："婆婆辣（纳的谐音），婆婆辣，揪掉你的头，掰去你的杈，看你对我小媳妇还辣不辣？"演变成童养媳对恶婆婆的控诉了。

婆婆纳是土著，源自中国。每年早春，总会开些很小的淡粉或浅紫色花，直径仅为4~5 mm。含苞时，花蕾躲在宽大花萼中，路人稍不留意便疏忽过去。只盛放时才能勉强看清的娇小容颜。可惜它太弱小，偶尔轻触，甚至一阵风过，花瓣便萎然飘零。

比婆婆纳稍晚开放的还有阿拉伯婆婆纳，有人叫它波斯婆婆纳，不管哪个名，都透露出它身份的不地道、不正宗。严格说来它是舶来品。有人考证，它100多年前才从异国他乡来到中国。但它并没享受郁金香、黄水仙之类花卉那样的贵宾礼遇，反被植物界科学家认定为入侵的有害生物。只是由着它顽强的生存能力，终于占据大壁河山，让农林科学家头疼不已。偏是它艳蓝色小花又吸引了无数爱花人。每年花季，网络上许多网站论坛都会有它大量的摄影图片，说明它在民间受到的礼遇挺高。

| 阿拉伯婆婆纳

华中婆婆纳

当然这也是在解决温饱问题的前提下才有的闲情逸致而捣弄出的闲图，给人带来美的享受。也是，它艳蓝的花姿确实迷人，又顶着两只洁白而胖乎乎的雄蕊，戴一顶颜色更蓝甚至近乎黑色的帽子（那是它赖以传宗接代的花药），娇娇的惹人爱怜。若是开得盛了，湛蓝湛蓝一片，就像缀在绿地毯上的蓝宝石。我给它取个名字叫蓝色妖姬，那艳蓝那花姿总带给人一种野性甚至放荡不羁的联想。

我国还有好多婆婆纳家庭成员，大致计算下来，婆婆纳在中国这一支约有61个成员。华中婆婆纳的花恰似放大的婆婆纳，连色泽都几乎相同，只是植株更大，茎秆增大，花柄加长，显得更便于观赏。疏花婆婆纳的茎则柔软，有更多藤蔓特性，花就散布在那根柔柔的

疏花婆婆纳

水苦荬

茎上，一路开将上去，直到茎的顶端。而陕川婆婆纳比较特别，花多为白色或略带紫色，当然少不了婆婆纳属永远的印记。我见过它们，在初夏骄阳下，开得热烈奔放，兴致勃勃。想来它们没受过倒春寒的突然袭击，根本不知道寒冷对它们意味着什么。

植物学家为婆婆纳家族成员命名，多半采取偏正结构词组，主词前加个限制词来确定成员名称，当然命名因素离不了地名、花形、植株样范等。也有例外，如婆婆纳家庭的水苦荬一名就很特殊，但这名在一定程度上表明它的生活习性。水苦荬叶似苦荬，喜生水边，故名水苦荬。又因果实常被昆虫寄生，膨大似桃，又名"仙桃"。《百草镜》曰：仙桃草可为药，"近水处田塍多有之，谷雨后生苗，叶光长类旱莲，高尺许，茎空，摘断不黑亦

| 穗花婆婆纳 |

不香。立夏后开细白花，亦类旱莲，而成穗结实如豆，大如桃子，中空，内有小虫在内，生翅，穴孔而出。采时须俟实将红，虫未出生翅时收用，药力方全"。除具备婆婆纳家庭共性特征，它喜水喜高，常生长在水边和沼地，甚至在西南地区海拔4 000 m的高山也有它生活的踪迹。

《百草镜》这段话提到一个有趣的问题：虫瘿。昆虫和植物有不解之缘。植物既是大部分昆虫生长、玩耍、捕食甚至终老之地，也是大部分植食性昆虫的食物。偏有一类昆虫喜欢将其幼虫寄居在某些特定植物叶片或果实之内。被寄居的地方会出现一个病态的凸起，幼虫便在里面"诗意地栖居"，既避免风吹雨打，又避免天敌侵袭，生活得潇洒、从容、自在。植物学家将这种病变的地方叫作虫瘿。有些虫瘿竟绚丽多姿，被人们误认为花或果。我曾经想就此写篇短文，名字就叫《病态像花儿一般灿烂》，只是至今还没出笼。

从总体上来看，婆婆纳家庭成员都被归属到野草野花一类。以前除了救荒，恐怕没人还能想到它能有其他的作用。现代人偏从中发掘出一种作为观赏植物进行人工选育栽培，果然它生就许多值得观赏的特性。比如花序，家庭成员多为总状花序，而这种花则为穗状花序，很引人注目。总状花序多不过10余朵聚在一起，而穗状花序动辄数百朵密集在一起，加上蓝色或紫色的花可劲展示，作为时下流行的眼球经济特色，自然得到人们的偏爱。于是它堂而皇之地走进园林，成为制造花卉景观园艺家宠儿之一。它的名字叫穗花婆婆纳。

|陕川婆婆纳|

锦绣杜鹃

杜鹃风采

　　我对杜鹃花的记忆源自20世纪60年代一部黑白故事片《冰雪金达莱》，金达莱是朝鲜族对杜鹃花的称呼。20世纪70年代电影——《闪闪的红星》进一步强化了我对杜鹃花的认识。电影插曲《映山红》优美的旋律以及画面中漫山遍野盛开的映山红，使我对杜鹃花有一种特殊亲近感。大约是因为美拉近了我与花的距离，至今我仍能轻轻哼唱《映山红》：

夜半三更哟盼天明，
寒冬腊月哟盼春风。
若要盼得哟红军来，
岭上开遍哟映山红。

其实杜鹃花人人眼熟能详。每年四五月间，城市公园、小区、绿化带都会开满红红的杜鹃花，以及大大的白花杜鹃、粉粉的锦绣杜鹃。甚至一年到头都能观赏到红白相间的比利时杜鹃的花姿。不过，更珍贵更稀奇的却是高山杜鹃。我国曾发行过一套8枚的杜鹃花邮票，几乎全为高山杜鹃，一枚枚邮票欣赏过来，堪称琳琅满目。当然，我国杜鹃花并不仅仅8种。按照《中国植物志》统计，杜鹃花科有103属3 350种，我国有15属757种。而且我国是杜鹃属、树萝卜属分布中心，拥有不少中国独有种。欧洲不少植物园，那里栽培的杜鹃大都有中国的血缘。

欧洲植物猎人对我国杜鹃花的疯狂猎取并没有伤及杜鹃花的繁盛。每每花季，我国西南高山地区便成为杜鹃花的天下。一树树杜鹃花成林成山，漫山遍野招摇，各色杜鹃花争妍斗奇，犹如满山祥云。赏花人只是林中穿行，细细观那如火的马缨杜鹃、水白淡红的美容杜鹃、艳丽明黄的羊踯躅、浅紫微红的腺果杜鹃、白中带紫红斑点的岷山杜鹃、白花染黄的长蕊杜鹃……心便温馨得想醉，想哭，以如此笨拙的方式来抒发心中情感。很遗憾，我想拍摄高山杜鹃花已有好多年，总是阴差阳错地过了季节，至今仍没有满意的图片，这已成为我心中永远的牵挂。

我国有杜鹃鸟，又有杜鹃花，同名异物便让人们有了兴趣，追问孰先孰后问题。类似先有鸡还是先有蛋的问题一直是某些科学家孜孜不倦追求探索的课题。严格说来，中文名算不上学名，只有用拉丁文命名的名称才是动植

| 帷丽杜鹃 |

| 芒刺杜鹃 |

| 美容杜鹃 |

物的户口名。而在拉丁文里，杜鹃鸟和杜鹃花的种名根本不搭界。只是由于中文汉字的局限性和含义的丰富性，使人产生多种美好联想，也造就了各种版本的凄美传说流传。相传古蜀帝杜宇亡国后死去，其魂化为"子规"即杜鹃鸟。他死后化鸟仍对故国念念不忘，每每深夜时在山中哀啼，其声悲切，乃至于泪尽啼血，啼血便化为杜鹃花。我国古代诗词里以此用典的佳句颇多。李商隐《锦瑟》"庄生晓梦迷蝴蝶，望帝春心托杜鹃"一联可算代表作。只是许多诗词均把占尽春色而喜庆的杜鹃花作为离愁别绪的意象，让人哀怨惋惜不已。典型如杨巽斋的《杜鹃花》：

鲜红滴滴映霞明，尽是冤禽血染成。

| 羊踯躅 |

| 腺果杜鹃 |

▎金黄杜鹃▎

　　羁客有家归未得，对花无语两含情。

　　如秋瑾《杜鹃花》：

　　　　杜鹃花发杜鹃啼，似血如朱一抹齐。
　　　　应是留春留不住，夜深风露也寒凄。

　　当然也有昂扬喜悦之作，一反颓唐之风，满怀热情歌咏杜鹃花。你看，春山里走来宋代大诗人杨万里，正一路赏花一路吟哦：

　　　　何须名苑看春风，一路山花不负侬。
　　　　日日锦江呈锦样，清溪倒照映山红。

　　　　——（《明发西馆晨炊霭冈四首选一》）

▎长蕊杜鹃▎

　　杜鹃花科里，杜鹃花属可能是最为鲜艳显眼的花。其实该科里还有许多种花尽管花型略小，却同样美丽，甚至更为玲珑可爱。那次和朋友去重庆金佛山，知是杜鹃花季已过，已心灰意懒。不经意间却发现林中小路铺了一层白雪。远远望去，以为是谁丢弃的小瓷管。走近

| 南烛 |

一看，却是管状落花委地，而树上依然繁花盛开。待寻上山去，只见一路皆有此种小花。后来请教朋友，得知是杜鹃花科南烛。估计这花性子急。只见岩壁上长一株南烛，高不盈5寸，却放出一花枝，坠着10来朵白花，娇娇的讨人怜爱。

另一种相近小花，花形则为坛状，依然满树披雪，偏归属杜鹃花科马醉木属，花名也就端端的叫了马醉木。不知是否因马饮多了那坛坛美酒而醉得名。只是那坛太小，恐怕直径高矮都没超过1cm。若要饮醉，是得堆砌些酒坛了。

白珠树属也是杜鹃花科家族的成员。说是树，其实徒有虚名，仅具备树的分类特征，却没有我们印象或概念中树的形象。当然，科学家也为它作了定义：灌木。尽管植物志上说白珠树属的物种可以长到1~3m，但我所见到的滇白珠却是矮小得可

怜，仅盈盈尺把，偏生把个花开得浪漫。它不
比马醉木收束了坛口，显得坛沿宽肚子大，而
是几乎完全敞开了口子。科学家也为它因形定
名，说它的花为钟状。花小、花冠白中带绿，
开得只是乖巧、喜人。

同为小花系列还有杜鹃花科吊钟花属，如
灯笼花。那花不能以素净淡雅来描述，只能用
灿烂辉煌来形容。灯笼花形如垂钟，色泽鲜明
亮丽，浅黄花瓣缀若干红色条纹。花开季节，
褐枝绿叶，花色红黄交织，微风轻拂，一树灯
笼轻摇，令人陶醉，遐想联翩，"*游客有家不
思归，对花无语两含情*"之感直涌心头。

| 滇白珠

| 灯笼花 |

| 牛耳朵 |

花儿开在石岩上

西南地区多岩溶地貌。

岩溶有个俗名叫石灰岩。石灰岩有个怪脾气，总爱拒绝与各种生物进行合作。偏偏它又不争气，让风霜雨雪将自己的皮肤刻画得沟壑纵横。长年累月，风常常就卷了尘土在上面抚摸，抚摸时偶尔就余下些污垢藏在石隙沟缝，又有鸟儿多事，将远处果实啄了，要来岩石上方便，没消化的种子便留在岩石上。来年，温情的太阳烤暖岩石，催醒沉睡种子，岩石上便绽开簇簇丛丛枝蔓，大大细细绿叶。不知觉间，居然就抽出花莛，孕了花蕾，忽一日，那花就展了笑靥，吐了蕊，美滋滋艳着。有识者见了说: 呵呵, 这不就是牛耳朵吗!

牛耳朵, 很俗气一个名字, 属于苦苣苔科。苦苣苔科算得上是个旺族, 全世界有140属2 000余种, 我国有56属413种。这个比例也许不算太大, 但其中28属为我国特有, 在物种独特性上该自豪了。苦苣苔科大多形态幽雅、花型优美, 是有名观赏花卉。特别是近几年引进我国的大岩桐、非洲堇, 花期长、花色多、花形繁复、植株美观, 品种众多, 为养花人宠爱。

牛耳朵生在深山, 却不乏知音。曾在高山林场见有护林员将它掘了种盆钵里放自家窗台上欣赏。我理解护林员, 也是为了辛苦工作之余能在房间里与花对语, 聊解漫漫长夜寂寞之情。当然我更愿意在自然状态下欣赏它的美妙

| 大岩桐 |

| 牛耳朵 |

身姿，瞧它或独立一株，或三五成群，或蔓延一片，在那瘦脊岩石上自在开放，总觉得观花便是一种幸福。

有时候幸福总是来得突然。那天进山，正被朋友叫住，兴致勃勃地拍着牛耳朵，冷不丁转过眼，就发现了它——蛛毛苣苔。当然也是在岩石上，明艳艳的花把阴影下黢黑岩石映衬得黯然失色，愈发突出花儿美丽。蛛毛苣苔确实担当得起美丽一词，在野花中恐怕也能够名列排行榜较前位置。植株不大，叶片稍显肥厚，花梗细长，有铁划银钩之势，疏疏举几朵淡蓝略紫花儿，花色冷艳、花形美观、花姿高雅，让人一见倾心。无独有偶，近在咫尺，有另外一种同为蛛毛苣苔属的花也在妖艳盛开。花序上花朵比蛛毛苣苔更密集，总有数十朵花簇拥一起； 眼望去花形比蛛毛苣苔更繁复，许是因了

蛛毛苣苔

花多而望不真切；花色比蛛毛苣苔更丰富，洁白中晕染微微浅紫；花姿则与蛛毛苣苔同样雅致，却比蛛毛苣苔略添一分风流，又绝不让人起猥亵之意。

有多彩便有素雅，素雅也可称为一种漂亮。许多苦苣苔科花儿都是一身素打扮，在鲜绿叶色下浑身洁白，反差大，更突出花朵的庄严。无一例外，这些花也多生在岩石上，保持本科兄弟姐妹们一贯艰苦朴素作风。

我第一次看见半蒴苣苔属降龙草是在华蓥山天然大盆景。华蓥山是一座名山，有光辉历史。更多人知道它是双枪老太婆与敌人作斗争的根据地，却并不清楚它也是一座由石灰岩、玄武岩等构成的形态独特又多姿的地质公园。它不像某些地方岩溶地貌，光秃秃寸草不生，偏偏却如人工打造的盆景，山石草树甚至山瀑水潭样样具备，便生动灵性许多。而山石岩壁上更多了许多曼妙花儿。降龙草只是其中之一。

降龙草简直就是完全版的删繁就简，一根小茎着两三片革质绿叶，顶一朵洁白修长的花，给人感觉就是太俭省，简直就是对资源的最大利用或最大节约。想想也不奇怪，岩石上可供它们吸取的养分有限，绝对不能夸张使用，更容不得浪费，绝不学某些国人点一大桌菜品扔下大半桌就埋单走人，既显得热情过度，又对资源是极大的浪费。半蒴苣苔也有生于地面的，相对环境稍微好些，但也是极贫极薄之地，仅在略微平整地上薄薄覆盖一层腐殖物权且能让它们扎根，而人类的宠物——农作物是绝对不肯到此生长发芽开花结果的，就算

降龙草

半蒴苣苔

异叶吊石苣苔

牛耳朵

它们愿意也适应不了如此严酷的生存环境。而半蒴苣苔们则能生机勃勃在此度过一年又一年，想是彻底弄懂并掌握优胜劣汰的自然进化法则。作为与半蒴苣苔有近亲关系的吊石苣苔也适应着相近生存环境。望文生义，果然那吊石苣苔就吊在岩壁上，成为判别其物种归属重要的特征之一。它们既然与半蒴苣苔生存环境相近，当然也就与半蒴苣苔同样节约能量，避免过多耗费。

读这些苦苣苔科植物，总感觉它在给人们一种提示，一种警示。我是读懂了它们的良苦用心，但愿各位朋友与我有同样感受。

也许正是有过去的清贫俭省才有现在的光辉灿烂。这不，一大片漂亮而淡红带紫斑的纤细半蒴苣苔正在林下嶙峋空地昂扬着无数花朵，开得欢欣鼓舞、兴高采烈、情不自禁，作那入冬前的最后狂欢。

纤细半蒴苣苔

凤仙花

袂裾飘逸凤仙花

夏秋之际，常爱去林中，我就喜欢沿着深暗石壁走，寻那一丛深绿色的叶子中间突然点缀许多鲜艳明丽花朵的植株，那便是各式凤仙花。凤仙喜欢降水丰沛、潮湿阴润的生活环境，于是就在绿茵遮盖的溪畔、洇水的岩下成片成簇旺盛地生长。

凤仙花植株普通，叶不异，茎不怪，独花开得奇。凤仙花得名象形。我国古代，凤仙花又称金凤。《花镜》说："*花形宛如飞凤，头翅尾足俱全，故名金凤。*"其实，我感觉凤仙更像古人衣服的宽大袖袍，举手间迎风飘逸，撩人心魄。也像妇人所穿裙裾，依依娜娜拖曳身后，伴随娉娉婷婷身

凤仙花

姿舞动。沿了荫荫的溪畔小路缓缓而行，细细看那一丛丛盛开的凤仙，自然形状各不相同，却又万变不离其宗，被植物分类专家抓住特征，归在一科。凤仙花通常筒状或漏斗状，旗瓣招摇，舌瓣却硕大，颇有仙风道貌般容颜。多数还拖根或长或短转着弯的尾巴——那被植物学家唤作距，加上黄白红紫各色，又沾了氤氲雾气，缀上晶莹露珠，使得花儿愈发妖娆。

凤仙花

偏生清代大家李渔却嫌恶凤仙，在那本传世之作《闲情偶记》中点名道姓批评："凤仙，极贱之花，止宜点缀篱落，若云备染指甲之用，则大谬矣。纤纤玉指，妙在无瑕，一染猩红，便称俗物。况所染之红，又不能尽在指甲，势必连肌带肉而丹之。迨肌肉退清之后，指甲又不能全红，渐长渐退而成欲谢之花矣。

始作俑者，其俗物乎？"啰啰唆唆一大堆。我说李笠翁此言差也。他老人家眼光局限，估计只见过一种凤仙花，大概也就是凤仙花科科长，就谬言立论，殊不知以偏概全，输了学者风范。其实，凤仙花家族兴旺，花色纷异，花型纷繁，按照现代植物分类学，我国就有220多种，占了世界上凤仙花属的四分之一。

要想分清220种凤仙花，一一叫出它们各自名称，对一个花卉爱好者来说，无疑是一件不可能完成的任务。就是对一个植物分类学家来说，也是相当艰难的。毕竟它们之间相同之处太多，相异处少且不甚明显。有的凤仙花分布地极窄小，因此它们的冠名均以市县级地名作前缀。其实作为一般爱好者，能认识它的科属，欣赏它的美貌，便知足也，又何必硬要在乎它的物种名。不过，见到了，

| 凤仙花 |

拍到了，总想得知它姓甚名谁，以满足自我的求知欲。不知名也并不要紧，那就先审美，获得精神上的愉悦再说。如果李笠翁哪天小酌了几杯，趁着酒意，来了兴致，去附近林中散步寻找灵感，见了金黄红紫各色凤仙，只怕也是"相逢不相识"，惊愕不已，稀罕不够，反是要连连称赞奇花，做诗吟咏。

古人喜欢凤仙花的大有人在。宋人徐致中就赞：

鲜鲜金凤花，得时亦自媚。
物生无贵贱，罕见乃为贵。

——（《金凤花》）

诗人杨万里更是观察得仔细：

细看金凤小花丛，费尽花司染作工。
雪色白边袍色紫，更饶深浅四般红。

——（《金凤花》）

而清人吕兆麒只在诗中融入更多人文情感，意味显得更加绵长深厚：

……滋荣极蕃衍，情韵入温柔。
染指色愈艳，弹琴花自流。……

——（《凤仙》）

不过在古代，凤仙花确是极平凡之花，若不是贫家女儿也有爱美之心，晓得用凤仙花瓣捣碎加些许明矾取汁染指甲，常于茅舍前后种植，怕也将被遗忘深山，自生自灭了。凤仙花在古代不仅贫贱，且遭遇也极不公平。李渔的轻蔑前面已说。宋代因宋光宗李皇后小名讳凤，宫中均不以凤仙花名之，只以好女儿花代称，连自己的姓名都被迫丢失。而在宋人张从正那里居然被贬低为菊婢，实在是有些过分。

其实多种凤仙均是一味药，性甘、温，有小毒。主治活血通经、祛风止痛、外用解毒。

| 凤仙花 |

| 凤仙花 |

用于闭经、跌打损伤、瘀血肿痛、风湿性关节炎、痈疖疔疮、蛇咬伤、手癣。据说凤仙花克蛇。有凤仙在的地方，通常都不会与蛇相遇。凤仙花结实为蒴果，成熟种子从开裂的裂片中弹出，颇有迫不及待的样儿，因此又得名急性子。

就栽培而言，以前也只有凤仙花这个科长一种，最近些年才引种苏丹凤仙花和几内亚凤仙花。而其他同属凤仙至今则全部野生，只有深入到山林之中才能邂逅和欣赏。正如今天，我轻轻地走过浓荫下青草丛生的小路，漫散的阳光透过枝叶缝隙零乱地洒在我身上，洒在岩壁上，洒在那些鲜活的植物上。我不理会阳光有意与我的迷藏，只留意着将一朵朵形态各异、花色不一的凤仙花轻轻地捡拾在我心里。

| 凤仙花 |

| 凤仙花 |

凤仙花

豆科合欢花

花蕊也多姿

人们心里标准的花，大抵应有花萼、花瓣、花蕊。似乎只有这样才符合通常的审美标准。大千世界却无奇不有，偏偏要将植物世界多姿多彩的花型展示给爱美的人们，让他们去惊讶、去感叹，甚至于去崇拜。

走进山里，常会和一种树型美丽，枝杆开展，叶色翡翠的大树于不经意中相逢。每逢花季，它的枝头会缀满许多银中带粉的细丝条，烂漫而动情。这便是豆科的合欢。合欢，落叶乔木，可长到10多米高，小叶对生，羽状复叶，昼开夜合。头状花序，花萼和花瓣黄绿色，通常为人们所忽略，最醒目也最靓丽便是那细长花丝，植物学家给它定名叫雄蕊。有太阳天，选个合适角度，逆光望去，那花丝白得晶莹，粉得水灵，深绿垫底，粉白交织相融，便显得风情万种。

我国古代，合欢树有一些有趣的传说。清代陈淏子著《花镜》中就一本正经地写道："合欢，一名蠲忿。……树似梧桐，枝甚柔弱。叶类槐荚，细而繁。每夜，枝必互相交结，来朝一遇风吹，即自解散，了不牵缀，故称夜合，又名合昏。"把个合欢吹得神乎其神。科学证明枝条夜交是没影儿的事。不过就合欢一词的语义以及它所表示的形体动作而言，确有和合美满含义。难怪合欢花语为夫妻和乐美满。由于合欢具有"夜合"奇异功能，颇引发人们类比的无限联想，因此合欢古代又名夜合花。当然诗人骚客也免不了按自己理解，不约而同对合欢花进行吹捧粉饰，或借题抒发自己的感受。唐代诗人元稹在《夜合》一诗中吟道：

> 绮树满朝阳，融融有露光。
> 雨多疑濯锦，风散似分妆。
> ……

同为唐代诗人的李颀也有《题合欢》诗作咏叹：

> 开花复卷叶，艳眼又惊心。
> 蝶绕西枝露，风披东干阴。
> 黄衫漂细蕊，时拂女郎砧。

清人乔茂才也有《夜合花》诗：

> 朝看无情暮有情，送行不合合留行。
> 长亭诗句河桥酒，一树红绒落马缨。

却是最后七字说得最好，状态写实，传神达意。

据传合欢能"令人消忿"。西晋嵇康《养

| 豆科合欢的嫩荚 |

| 豆科银合欢 |

生论》云："合欢蠲忿，萱草忘忧"；崔豹《古今注》云："树之阶庭，使人不忿也。"想是那青枝绿叶一树红缨让人神清气爽而怡然，怨气自解。

小民百姓重实在，不浪漫，知道合欢不单能治相思、消忿闷，还能治肺痈、跌打损伤、中风挛缩等症。当然，其花带给人们美的享受则是不言而喻的。

合欢还有些同门弟兄，比如金合欢和银合欢。金合欢原产澳大利亚，近年我国有引进栽培，花黄色，是著名的经济和观赏树种。银合欢多生长在美洲和大洋洲，我国南方有野生，花银白色，花蕊伸出，成为球状，绿叶细小，羽状复叶排列，银绿相衬，自成一道风景。

与银合欢花相近的有喜树。听这名便带喜色，作为蓝果树科喜树属仅有种，为我国特有，也是国家二级重点保护野生植物。近年有作为观赏树引入

桃金娘科蒲桃

庭院或作为行道树种植。花瓣5枚，细小、绿色、早衰，只留洁白花蕊展示给有意者。最是那果实特别，长窄翅的翅果着生头状果序上，表现出特有种的独特性。

同样以花蕊出名的还有蒲桃。蒲桃一词在我国历史上用法较混乱。汉武帝时为了求天马（即阿拉伯马），开通了与西域的往来。当时随天马进入中国的尚有蒲桃和苜蓿种子。不过此蒲桃非彼蒲桃，而是现今葡萄科的葡萄。考证蒲桃如何更正为葡萄，而热带植物蒲桃如何挣回自己名分，非我专长。这里单说桃金娘科蒲桃。蒲桃，有栽培，华南多野生，乔木，高可达10余米，主干短，广分枝。聚伞花序顶生，有花3~4朵，花白中略带浅绿，雄蕊多数，淡淡绿，微微黄，长近3 cm。现常植水边，供观赏。每年4月，恰是仲春季节，又黄昏夕

| 桃金娘科红千层 |

豆科朱缨花

豆科朱缨花的蓓蕾

蓝果树科喜树

辉时分，去了水边，就见千树吐艳，万花竞放，雄蕊争华，倒映水中，水随风动，风生涟漪，漪乱树影，镀金繁花便由清晰而略为模糊，生出一种灵动的朦胧美。

美非单生，常呈现集群伴生现象。以花蕊为美的花卉，我们还可以看到同样是桃金娘科的红千层。红千层，小乔木，皮坚杆硬，叶如垂柳，却厚，又相近罗汉松，稍大。花开时，有人见了，惊呼：这花好像瓶刷呀！果然，这花就有个俗名叫瓶刷花。红千层穗状花序，长约10 cm，花瓣绿色，小至可忽略不计；雄蕊红色，长2.5 cm。花朵密集，花蕊一束束外向，活脱脱就是瓶刷模样。按《中国植物志》说法，红千层花期为6—8月。但我在1月初就瞧见准备吐蕊的花蕾，4月底5月初就拍到盛开的红千层，10月再次见到花盛。反是规定花期不见花的模样，只一树碧绿，于无风夏日中纹丝不动。此花原产澳大利亚，现早已越过赤道，侵犯北半球，攻占了大大小小专业植物园和公园。和红千层结伴而行的还有同科的串钱柳和红花桉，它们都有相似的同色花序。

朱缨花也是欣赏花蕊的著名花卉植物，与合欢是亲戚，同属豆科，落叶灌木或小乔木，二回羽状复叶，头状花序，花开时花丝纤细，花蕊深红，形成一个个圆圆的红绒球，十分惹人喜爱。在我国，它也是引进品种，老家南美。尽管植物引进历代皆有，但从长远观点看是福是祸，至今尚不分明。我国有成功经验，也有引发生物入侵的案例。不过，植物交流至少为爱好自然的人们带来了另类审美对象和新的审美经验及快感。

豆科合欢花

鼠麴草

清明菜　清明粑

　　暖洋洋的春天随着和煦的季风又回来了,城市里如样地洋溢着春的气息和韵律。

　　儿时的城市还没有变成水泥森林。城是山城,傍着两条江,便多了斜坡,多了崖壁,多了河岸。斜坡上,崖壁上时时裸露出黑褐色的泥土。春天先在黑褐色的泥土里活跃起来,渐渐地上面就布满了绿色的野草。对城市的儿童,野草是个稀罕。偶尔有模样长得异端的,竟视为奇货,要掘了移往家里的花盆,往往就不能养活,反是作践了那花草。儿童天性是不管不顾,下次遇到,仍是重蹈覆辙,也不知糟蹋了多少绿色的生命。

　　有一种野草我们是必定要摘的，却不能算作糟蹋，而是当了菜，甚至于是当了食粮的。那是清明菜。清明菜学名叫鼠麴草，当时不知道，只是依着老辈子乱喊。反正在清明节前后突然就茂盛了。城里边只是零星地生长，在河岸泥地里可是成簇成团成片的旺盛。一茎独立，叶轮生，却是厚实，被覆白色细密的茸毛，三四寸（1寸 ≈ 3.3 m）高，粉粉的绿。清明节一过，顶端就着了花，簇生，淡淡的黄。没被我们殃及的，一色的黄绿相映，也是山城的一道风景。

　　拣那和风丽日的天气，自然是呼朋唤友，抽了放学后的时间去那河边，就摘那清明菜。偶尔是逢了周日，由外婆领着去。河边到处都有清明菜，我们则要选那嫩嫩的、鲜鲜的、没有枯叶杂质的、没有虫啮鼠噬伤痕的、头上没有戴花帽的，不一会儿就满了竹篮，也沾了一手嫩滑的汁。

　　算是完工了吧，自然想要放放风。想那河坝的宽敞自在，又是仲春天气，更兼了缓缓流动的河水，河滩去年留下的死水塘滋生的蝌蚪、小鱼儿的诱惑，小孩子家谁能抵挡得住？外婆领着不自由，慌着是要回家。外婆要做三顿饭，自然不想在外耽搁。当愿意邀约了小朋友去，采摘之余，无法无天地疯，无边无际地狂。疯到尽兴，天也是暮色苍茫，或兴高采烈或垂头丧气地往家赶。匆忙间，将那辛苦采摘的清明菜遗留在了河滩的事也是常有的。若脏了衣裤，湿了鞋，甚或带了轻伤，受大人的责骂便是家常事了。

　　相对于现在，那时生活算清贫，也不是

鼠麴草的蓓蕾

| 鼠麴草的嫩茎 |

要靠清明菜之类的野菜来充饥，更多的是尝个鲜。记忆中，采摘的清明菜大多是用来做清明粑。粑是家乡土语，雅一点应该叫作饼吧。

外婆将我们采摘回来的清明菜用水淘去泥沙，又仔细地挑拣一遍，剔去不经意间留下的老茎残叶，将水沥干，切成短短的节，掺进面粉里调成稠稠的面糊，那面糊就绿莹莹地可爱。将锅坐在灶上，火是旺旺的。少少地在锅里浇上一点油，舀上一瓢面糊，薄薄地摊在锅里，借着火力和滚油，那面糊就变成了一张漂亮的清明粑，黄黄的面皮透着亮，悠悠地散着香气，可可地吸引人。

儿时无忌，有香香的清明粑勾魂，是等不得端上桌的，自然要偷嘴。趁外婆不注意，卷张清明粑就躲进了屋，尽管烫得龇牙咧嘴，双手也是换去换来地颠，也不等稍凉。清明粑软软的、滑滑的、糯糯的，舒适地就顺着喉咙下了肚，胃里也回旋香糯的温暖。

吃清明菜的时间不长，每年也就清明节前十来天。但近清明节令，清明菜就显着老，嚼不动。城里人就任它满坡满崖满河岸地昂着黄花头，然后消失在暮春绿色世界的繁荣里。

印象中，吃清明粑是城里人尝鲜消遣的专利。在农村四年，最是那青黄不接的日子，也没见挖清明菜来填肚，更少尝鲜之说。这一忘就是数十年。去年一同事兴起，自去摘了清明菜做成清明粑，还带来办公室让大家分享。清明菜的滋味没有变，清明粑的口感则要大打折扣了。嫌了它做得油腻，更嫌了它做得精细，已没有了当年那种简单原始质朴的新鲜感。只是勾起那一段往事，是再也不忘的了。

鼠麴草

天蓝苜蓿

寻找天蓝苜蓿

一个下午，正上班，电脑桌面QQ图标匆匆闪烁，有人急于要加我为好友。我加好友很谨慎，资料显示对方是个妹妹，便拒绝回应。她仍固执提出要求，通过种种曲折途径找到我另一朋友问清联系方法，终于和我接通QQ。

"老师，您好！我是阿里巴巴论坛的一版主。"

我还个笑脸，表示礼貌。

"对不起，冒昧来打扰您。我在网上查到，您拍过一种叫天蓝苜蓿的植物……"

天蓝苜蓿？是的，拍过。这是在重庆早春最早叶，一边六叶，从下数一叶为一月，有润则十三叶。视叶小处，既知润何月也。"

梧桐树经济价值似乎不大，制琴却是一块好料。中国古琴多用它制作而成。《花镜》还说："凡生岩石上，或寺旁，时闻钟磬声者，采东南大枝为琴瑟，音极清丽。"古代传说中，名声更是响亮。传说有神鸟名凤凰，择木而栖，所栖之树就是梧桐。由此，梧引凤，凤栖梧，相映相辉，共生共荣，成就一段佳话。只是不知凤凰涅槃时，引燃涅槃之火的是否也是梧桐的枝干？

| 梧桐科梧桐的花 |

不知咋的，到了当代，梧桐竟衰败如此，让我等欺负。儿时不醒事，不喜欢就有施暴倾向和行为，经常抱着树就摇，甚至在树身上用小刀刻写文字、图案来炫耀自己的学识。那正是20世纪50年代末60年代初，本身营养不良，加之一帮小孩折磨，弄得蜡质树干伤痕累累，其中一株很快便夭折了。

| 玄参科南方泡桐 |

大人们对我们宽容，并没有因此过多教训我们，紧接着又引种了一株树，叫泡桐。泡桐也是挺有名的树，速生树种，成材快，有较高的经济价值。当年毛主席的好干部焦裕禄到河南省兰考县当县委书记，为治当地风沙，首选树种就是泡桐。焦裕禄病逝后，泡桐也蔚然成林，成了对他最好的祭奠。只不知现今那片泡桐林是否还在。当年老师不断地向我们灌输焦裕禄的事迹，泡桐之名也为我熟知。

树叫什么名对我们来说并不重要，让我们高兴的是它要开花。每到暮春初夏，先花后叶的泡桐就绽开了满树的花，外形像喇叭，粉白色，有的却呈淡紫色或淡蓝色，有一股不太好闻的味。当年在家乡，泡桐虽未成林，却也是很普遍的，常常便做了行道树。只是我们经常由严厉的外婆管束着，被禁闭在小院里，对泡桐花只有远观的份儿。现在院里就有了花树，当然要尽情欣赏一番。儿时在树下那些两小无猜的童真游戏，至今难忘。

到农村当知青，一时不见了泡桐树，却领略到油桐别样风情。仲春时分，油桐便开始绿了。一片片幼嫩的叶从叶苞里拱出来，刹那间便伸展开叶面，绿得浅、绿得新、绿得生动。一树绿叶聚合在一起，就像一朵轻云。几十棵油桐一起喷发出绿叶，一面山坡就被一大片绿色的轻云遮盖，在大多杂树还未返青的山林里，显得耀眼而突出，让人感觉浑身都充满绿色的活力，禁不住一阵阵躁动。没几天，从枝枝丫丫中抽出聚伞花序，开出一朵朵带

| 大戟科油桐花 |

紫色条纹的白花，一簇簇在绿叶中探出头。绿叶白花，交相辉映，把绿叶衬托得更加清新，把白花凸显得更加纯洁。

桐花一开，就该注意天气变化。仲春前后，正是"乍暖还寒时候，最难将息"。往往气温逐日上升之际，一个寒潮袭了来，瞬间就回到严冬。文人形容叫春寒料峭。农民则照实说是冻桐花。冻桐花竟成季节温度变化警示语。

| 大戟科油桐果实 |

娇滴滴的桐花当然不经冻，纷纷凋零。但就在那短暂的灿烂怒放中，它已经完成了一生最重要的任务：传宗接代。花谢了，果实却一天天膨胀起来。这便是含油量极高的油桐果。待到成熟，生产队会组织社员上山将桐果摘下来，堆在一起，任其果皮发酵腐烂，然后捡出有硬壳的果仁，送去供销社换钱，用来采购化肥和农药。在当时，这是以农为主的生产队一项来钱的重要副业。

再早些时候，却是用了土法自己榨油。我没见过榨油的方法，但知道桐油在农村是很普通又很珍贵的。当年用杂木箍制的澡盆、脚盆防腐防漏，都要用桐油漆上几遍，意图用的时间长些。人穷，家里的桌椅板凳柜子用不起比桐油昂贵的中国土漆，便用桐油刷上一遍。关于桐油的用处还有件趣事。母亲小时候读书，都是土纸印制课本，不经揉。有同学发现将书在桐油中浸泡后晾干，那书就耐用，不容易揉破扯烂。我曾好奇问母亲当真否，也想一试。母亲答，耐用是耐用，只是不当心一沾火，那书就没救了。你推敲一下那油与火的亲密关系，后果可想而知。

豆科乔木刺桐

现在，油桐、桐油都远离我们。偶尔进山，看见油桐树，仍然感到说不出的亲切。只是在我们生活中，已经找不到它们的踪影。替代它们的是另一种桐树：刺桐。其实按植物学的分类，它们都没有亲缘关系。梧桐是梧桐科，泡桐是玄参科，油桐是大戟科，而刺桐则是豆科。但一个桐字，竟然就有了缘，也在我人生中占据了一个位置。

生活在大城市，生活在水泥森林里，对绿色有一种天然本能的偏好。而刺桐闯进我的视线，却是因了它红色的花。家乡大街上，由于气候原因和生长条件，难得有开花的树。常见的无非就是黄葛树、小叶榕，梧桐早被淘汰，泡桐已经远去，油桐藏在深山。但只要一到秋冬之交，就有燃烧得火样的花在树的枝头颤动、随风摇曳。甚至严寒冬天，树叶早已脱落，仍有总状花序挂在枝头，渐次开放的花朵依然鲜艳、生动、红红火火，似乎并不把严冬放在眼里，给家乡乏味的冬天带来一抹亮色。这就是刺桐。

其实，刺桐也在我的城市里逐渐减少，想来是由于它近乎疯狂的生长速度，给城市管理带来不少麻烦。也许乡土树种毕竟不如引进树种让人感觉新鲜、别致，因此在竞争中失去决策者的支持率而被迫让位。恐怕再过不长的时间，这些桐字辈的植物就将在我们的视线中消失。